BTS와 아미
여덟 손가락

BTS와 아미

여덟 손가락

한누리미디어

차례

차례

차례

BTS와 아미

여덟 손가락

BTS와 아미

- 여덟 손가락 · 1

날마다 다 쏟는 피땀눈물이 뭉치더니
다이아몬드, 일곱 소년
어둠의 언론들도
그 빛살에
아미로 거듭난다,

BTS와 아미

– 여덟 손가락 · 2

세계적인 상들을 밥상에 차려놓고
아미에게 다 바치는
일곱 소년은 없으면서 있고
아미는 있으면서 없이
불타오르네
노래춤 춤노래로 불타오르네
한글 한얼이 불타오르네,

BTS와 아미

- 여덟 손가락 · 3

대중예술혁명으로
진실을 우뚝 세워가는 예술얼
정치는 줄곧 코를 고는데
일곱 소년과 아미여
그들이 코밑에다 하모니카 걸어줘
Fake Love를 연주하게 하자,

BTS와 아미

– 여덟 손가락 · 4

"자신을 사랑하자"
왜?
사랑의 힘이란
미아로 흩어지지 않고
아미로 자기 성숙 이루는 묘약이므로…
심장 속 엄마방 문이 스르르
작은 것을 위한 詩로 열리어
자꾸 열리어
우주자궁으로 열리어
새 생명 출산,
이것이 한얼 한동포 한글 한복 한옥
한솥밥 한누리 한문화 한목숨…,

BTS와 아미

– 여덟 손가락 · 5

아미가 낳은 일곱 소년
촛불이 낳은 일곱 정치인은 아직 없는가요
물 한 모금 마신 새벽닭처럼
하늘을 보니
북두칠성,
그 가운데 땅 디딘 문재인 외에
여섯 별은 여태껏 하늘에서만
반짝 반짝 반짝이는가요
아미가 모올래 광야에 누워 별을 받더니
부풀어 오르는 아랫배
여섯 쌍둥이인가요
그런가요
쾌지나 칭칭나네~~~
쾌지나 쾌지나~~~~~
쾌지나칭칭 칭칭나네 나네요~~~~~~~,

BTS와 아미

– 여덟 손가락 · 6

예술혁명과 정치혁명은
무엇이 같고 무엇이 다른가요
알고픈 사람은 BTS 아미 속으로
직접 들어가 살아보세요
정치인은 관념에 머무는데
예술가는 알키로 불타오르네
정치인은 페이크 러브로 사익추구
예술가는 페이크 러브로 공익추구
정치인은 재벌과 치정에 빠져 서민 배신
예술가는 서민과 치정으로 불타오르네
"오, 늘 오늘" 정치인들은 영성퇴화
"오! 늘 오늘" 예술가들은 영성진화
덕분에 정치인들로 국민 화병 걸리고
덕분에 예술가들로 국민 감동 불타오르네~~~,

BTS와 아미

– 여덟 손가락 · 7

일곱 소년은 아미를 섬기는 머슴이다
아미는 어쩜 엄마닭
일곱 알을 늘 품고 사는 엄마닭
오늘도 알 속에서 껍데길 쫄 때
아미는 알 밖에서 알 껍데길 쪼아줘
삐약삐약 비약하는
무지개 빛
새목숨 빛
아가야 빛
우윳살 빛
금색숨 빛
한하늘 빛
한솥밥 빛
산천초목이 춤노래로 맞이하고
우주 초끈이 더덩실 얼쑤 조오타
살맛난다 삶맛난다
어려워 우리가 삶을 속일지라도
BTS~ 아미와 신명으로
차원상승을 해 보자
~~~~~ 신바람나게
~~~~~

한판 살아보자 살아보자
한~솥민족~~~
남~북통일~~~
대~동세상~~~,

BTS와 아미

– 여덟 손가락 · 8

"모든 빛이 침묵하는 바다
길 잃은 내 발목을 또 잡아"

숨구멍을,
바다 침묵
빛물이 네 생명 진액
진액은 잘게 부서지지 않아, 숨구멍?
숨도 쉬지 않고 너를 지켜볼 뿐이다,

BTS와 아미

– 여덟 손가락 · 9

"홀린 듯 천천히 가라앉아
몸부림쳐 봐도 사방이 바닥"

바닥은 딛고 서라고
바닥은 힘껏 차오르라고
바닥은 물속에서 불타오르라고

진공 속에서
훠어얼 얼 얼춤을
지켜볼 뿐이다,

BTS와 아미

– 여덟 손가락 · 10

"자꾸 초점을 잃어
이젠 날 놓아줘
싫어 차라리
내 발로 갈게 내가
뛰어들어 갈게"

맞다
그래야 널 본다
얼춤을 지켜보는 놈
바로 그 놈이 얼춤이다

주시자와 얼춤
얼춤과 주시자
둘은 하나다

죽는 건 없어, 없어,
제발 두려워 마 숨구멍,
숨구멍, 찾지 마
콧구멍 땀구멍 몸 모든 구멍은
놀이구멍
참구멍은 침묵이다,

BTS와 아미

– 여덟 손가락 · 11

“가장 깊은 곳에서
나는 날 봤어”

우주은하 은하수
청수 한 그릇
신들의 구멍
동시에 목욕탕 이거 본다면 견성見性 예술가

네 얼노래가
세계인 가슴에 청수로 담겨
목욕도 하고파
눈이 듣는다
귀가 또 본다
같이 부른다
함께 부른다
더불어 부른다
자꾸 자꾸만 그러히 될 것이다,

BTS와 아미

– 여덟 손가락 · 12

"천천히 눈을 떴을 때
여긴 내 작업실
내 스튜디오"

천지신명 하느님의
숨구멍이
여덟 손가락인 줄 이제 알겠다
BTS, 아미, 지구 80억 인류들,

퍼뜩 눈 떴어라 세계 삶터 직장에서도
블랙스완으로
여기 지금 BTS와 아미처럼
자신의 작업실
자신의 스튜디오에서처럼

아낌없이 나누노라~~~
그러 하겠노라~~~~~~~~~~
자신을 사랑하겠노라
자신을 잃지 않겠노라,

BTS와 아미

– 여덟 손가락 · 13

"거센 파도 깜깜하게 나를 스쳐도
절대 끌려가지 않을 거야
다시 또"

사랑 자체
진실 자체
침묵 자체가 되는 길엔
잠시 어둠이 따라 붙어

어둠과 전쟁하는 건 어리석음 극치
어둠은 존재가 아니니까
잠시 빛이 없을 때
허깨비로 노는 것일 뿐
보라 여기 BTS를 보라,

BTS와 아미

– 여덟 손가락 · 14

"귓가엔 빠른 심장소리만
두 눈을 뜨고
나의 숲으로"

그 숲은 천지 요정들이 사는
영혼으로 사는
사랑의 숲
아름다운 진실의 숲,

BTS와 아미

- 여덟 손가락 · 15

"그 무엇도 날 삼킬 순 없어
힘껏 나는 소리 질러"

침묵의 아우성
누가 듣고
누가 못 들었다 할 것인가?

BTS와 아미

– 여덟 손가락 · 16

"모든 빛이 침묵하는 바다
길 잃은 내 발목을 또 잡아"

잡혀도 잡히지 않는
자유놀이
해방 게임
릴리 릴리리야
다시 또 해 보는 거야

소 등에 타고
피리 부는 시절 즐기는 거야,

BTS와 아미

– 여덟 손가락 · 17

"어떤 소리도 들리지 않아
홀린 듯 천천히 가라앉아"

내 말 맞지
첫 바닥은 죽음보다 무서운
바닥,
이번엔?

삶 살려낼 바닥?!

고갤 끄덕인 이는 사정없이
BTS와 아미를
경험해 보라

경험하기 전엔 거짓이다
관념일 뿐이다,

BTS와 아미

– 여덟 손가락 · 18

"몸부림쳐 봐도
사방이 바닥"

이번 기회 놓친다면
죽음 따로
삶 따로
날마다 괴로울 것이다
바닥에 기고 기면서 힘들 것이다,

BTS와 아미

– 여덟 손가락 · 19

"모든 순간들이 영원이 돼"

침묵—
터지는 귀청 사이로 눈빛이,

BTS와 아미

– 여덟 손가락 · 20

율려에 완전 내맡김은
본래 면목이어라
자웅동체 영혼은
방시혁
빅 히트 엔터테인먼트의 본래면목이어라

시방 복지경제로
예의롭게 모든 경계선을 넘어
모든 삶을 공정하게 누리려 행동하는

방시혁

재벌들이 아무리 선을 넘지 말라고
노려봐도
걸레 삶는 냄새가 아닌
행위가 아닌 행동
대중예술혁명의 싱그런 행동으로
먼저 넘는 방시혁,

BTS와 아미

– 여덟 손가락 · 21

국경없는 의사회는 국경을 두고 있지만
일곱 소년은 일곱 무지개 빛으로
은하선 우주선 다 지우며
자신부터 우주은하 자체로 키운다

경계선은 사실 지우라고 있는 것
호혜복지 직접민주주의는
윤동주처럼 서정적 민족주의자가 걷는 길
자신이 늘 부끄러워

하늘 한 점 우러러
부끄럼이 없도록
부끄러워 하며
날마다 자신부터 혁명하는

아름답다 BTS와 아미 여덟 손가락,

BTS와 아미

– 여덟 손가락 · 22

비눗방울 사람이 문 열려라 팍팍 밟아도
자동문 끄떡 않는다

삶긴 계란 된 사람이 밟으면 어떨까?

가진 자의 농간 기준에 묶이면 돼지 삶
가진 자가 주는 대로 먹어 살쪄
통구이 된 징기스칸 바비큐 신세

스스로 해방공간
자발적 자유
날마다 날마다

흐르는 강물처럼~
텅빈 대나무처럼~
끝끝내 바다처럼~

긴 가뭄 끝 팔십억 명이 목말라 할 때
완전 증발해 다들 흠뻑 적셔주는
단비 BTS 아미의 떼창

세계 대중예술혁명 꽃비로 내린다
세계 대중경제혁명이 소리 없이 열매 맺어

날 잡숴~~~
BTS가 밥이 되어주는
아미가 반찬이 되어주는
여덟 손가락 속 숨은 여분의 새끼손가락
문화경제혁명가
자궁을 가진 남자
국이 되어주는 남자

방시혁,

BTS와 아미

– 여덟 손가락 · 23

냄새는 냄새를 잃지 않는다
잃는 순간 냄새가 아니다
냄새는 삶겨도 행주냄새 서민계급
양말은
공장에서 갓나온 양말은

발톱무좀 발꼬랑내
햐, 부자들이 개보다 뛰어나다 콧구멍

고정불변의 계급선 그어 놓고
괄시무시의 계층선 그어 놓고
넘지 말라니 절대로

그 선 넘어서면 불편
널 추방하겠다니?

기분 우울
자존심 잡쳐
대들면 동물원 이색적 개돼지로
몰아넣어

그래도 조중동은 기생충 사회 찬양일색
책임자는?
?!, 사람답게 살고프다 외치면

집단 지성으로 외치면
넘지 못할 벽은 없다
BTS와 아미는 지금도 이어가

묻는다
정치가 재력가한테
“기생충 사회는 과연 누가 만들었냐?”
번개처럼 답한다
“우리나라 위대한 봉준호 감독이 만들었다!?”

BTS와 아미

– 여덟 손가락 · 24

방탄소년들아 어떻게 생각?
금권력자들 답이 답인가?

밥 팔아 밥그릇만 사들일 말인가?
쌀 팔아 모래 사먹을 말인가?
된장 팔아 똥국 끓일 말인가?
금권력자는 반혁명파!

비열 비굴 비참이 똘똘 뭉쳐
하나 된 천박함
세계 발명특허품
참말로, 부끄러워라

선을 지워라
집단 지성으로 선을 지워라
삼팔선 지우면 다른 선들
한꺼번에 몽땅 통째 지워진다

청년 남녀 순수 사랑 자체도
삼팔선처럼 그어지지 않든가?

빈부 경제격차로
청년남녀 동반 자살은?
뭐?
또 우리나라 위대한 봉준호 감독이 만들었다?

BTS와 아미

– 여덟 손가락 · 25

경제성장률이 오르면 뭐하노?
우리는 너무너무 차별 당하니까
삼성이 세계경제 일등이면 뭐하노?
날이 갈수록 서민들이 기생충 돼 가는데

BTS 아미가 국경선 없앰 좋은 게 뭐꼬?
인격혁명 의식혁명 인간승리이니까
세계인 모두 다 부자공동체이면 좋은 게 뭐꼬?
예술혁명 경제혁명 문화혁명 교육혁명 자유혁명
아, 체제혁명 혁명 수출이니까

이 뭐꼬 혁명, 평화혁명?

질문이 답 될 때까지
질문 없이 살지 마
개체혁명?

BTS와 아미

- 여덟 손가락 · 26

혁명?
그냥 피 땀 눈물이
꽃 피고 맺히는 열매
듣기엔 참 싱거우나
이루기엔 정말 짜다,

BTS와 아미

- 여덟 손가락 · 27

열매?
그저 진실 자체 침묵의 행동
춤 노래 게임,

BTS와 아미

– 여덟 손가락 · 28

춤 노래 게임?
젖가슴에서 흐르는 젖강이
나풀나풀 새하얀 나비떼,

BTS와 아미

– 여덟 손가락 · 29

나비떼?
나빌 보는 그대 눈이 나빌레라
훠얼 훠어얼 얼 한얼이어라,

BTS와 아미

– 여덟 손가락 · 30

한얼?
묶이는 그대가 미일 식민통치
대상자,

BTS와 아미

- 여덟 손가락 · 31

대상자? 몰라?
모든 주권은 한얼로부터 나온다
초헌법 특조특항을 모르는 놈,

BTS와 아미

– 여덟 손가락 · 32

초헌법 특조특항 알면?
자타를 동시에 사랑하는 사랑 자체
알이다 아리랑~~~ 각성,

BTS와 아미

– 여덟 손가락 · 33

아리랑?
고조선부터 고구려 가야 백제 알 신화
알 같은 아리랑 UFO,

BTS와 아미

– 여덟 손가락 · 34

UFO?
세계로 갈라진 여러 민족 다 돌아온다
우린 한인류 한뿌리,

BTS와 아미락

– 여덟 손가락 · 35

한뿌리?
참생명 우주나무 한그루,

BTS와 아미

– 여덟 손가락 · 36

우주생명나무, BTS 아미,

BTS와 아미

– 여덟 손가락 · 37

하늘에 살다
한반도에서 수십 번 엎어졌어라
똥통에 빠졌어도 똥물 묻지 않을 때까지
일어서며 불타올랐어라
일곱 무지개 빛으로 날아올랐어라
언젠가 각자가 일곱 무지개 빛깔로
방탄소년단을 이룰 그날까지
그날까지～～～,

BTS와 아미

– 여덟 손가락 · 38

사랑은 희비극이 아니어라
죽음과 삶도 아니어라
생명 자체 우주 비행체
사랑은 다중우주 게임
BTS와 아미이어라
아미는 아미이고 BTS는 BTS이어라

사랑은 아무리 떼려고 해도 안 떨어지는 것이어라
우주 오르가즘이어라
우주 엑스터싱 웃음이고 넘치는 눈물,
사랑은 하느님 자체
하느님보다 먼저 있었어라
하느님께서 빛이 있으라 해서 있은 게 아니어라

사랑이 창조주
사랑이 빛
사랑이 입과 혀도 없이 말하는 하느님이어라,

BTS와 아미

– 여덟 손가락 · 39

@ 엄지손가락이
"내가 없음 너흴 누가 통치하겠냐, 응?"

@ 검지는
"무슨 소릴, 길 잃었을 때 난
말없이 길을 가리켜 줬고
적군이 쳐들어왔을 땐
방아쇨 당겨 나라를 지켰어
그런데 뭐라고?"

@ 중지가 큰 키를 더 길게 뽑으며
"나보다 큰 사람 나오라 그래
좌우 균형조화를 잘 잡아줄
중도파가 있다면 썩 나와 봐
어서 나와 보라구 응?"

@ 약지가 아주 고요한 목소리로
"아픈 이들에게 약효를 증가시켜
목숨을 지켜주는데 너흰
말 같잖은 말만, 참 어이가 없어 우습다~"

@ 새끼손가락은 할 말이 아주 없어
초라히 덜덜덜 떨다가
갑자기 큰 소리로 외쳤다
"내가 없다면 너,너희들 모,모두 병신이야!
뿐인가? 약혼 기회가 와도
멋있게 약속도 못하잖아 어때?"

모두 동의함으로써 모든 손가락들은
전체를 보는 눈을 떴다,

BTS와 아미

– 여덟 손가락 · 40

사랑이신 사람이 하느님을 창조하셨어라
문화의식혁명 정치혁명 예술혁명 경제혁명
제4차 산업혁명
혁명이 곧 사랑의 계시이어라

사랑은 사람, 사람은 사랑이어라
평화는 사랑 속에 계신 텅 빈 맘이어라
둘인 듯해도 실상은 둘이 아니다

평화경제는 차별이 없어라
공정정치는 차등이 없어라
사랑 위에 사랑 없고 사랑 밑에 사랑 없다

그런 사랑은 사랑이 아니어라
그런 사람도 사람이 아니어라,

BTS와 아미

– 여덟 손가락 · 41

어린 아미들끼리

"김남준이 없으면 랩이 없고
UN 연설은, 작사 작곡은, 누가?
남준, 남준, 화합대장 음악 창조자라구요! 안 그래?"

"말도 되지만 너무 심했어 일찌감치
사과하는 게 좋을 걸
전정국 아님 근육질 배꼽 노출은 누가?
정국, 정국, 미남 목소리 끝내주잖아, 틀렸어?"

"태형, 태형, 김태형을 봐봐
중지손가락이잖아 탁월한 음악 감수성
그 누가 따라잡겠니 응 있음 나서봐?"

"애애 말도 안 돼
김태형은 김석진과 똑같은 179㎝야
작사 안무 감미로운 노랫소린 또 어떻고?"

"윤기 윤기 윤끼나는 미소

윤기 윤기 윤기 흐르는 강 같은 몸매 아 난 숨막혀
윗옷 벗을래~~~"

"죽도록 꼴깍 좋아? 야야 됐어
그라모 우리 알키로 살자
내 말 들리니? 정호석의 물오른 앳티와
가슴 쯔려 밟는 그 뭐냐
거시기 머시기 몰라? 에이 너거들 제발
맹목적으로 좋아하지만 말고
인간에 대해 탐구 좀 해라 탐구 응?"

"우와아 우리들의 새끼손가락
부산 출신, 키는 173㎝ 돼지띠에 천칭자리
박지민은 한얼 생명춤과
영혼을 적시는 가수에다 안무 창조자
누가 넘어서겠니? 진짜 진짜 거시기 머시기라구요!
안 그래? 틀렸어? 우아아 숨소리조차 감탄사 으으응?"

"그럼 우린 뭐니?
무대에 오를 수도 없고 그치만 힘을 주받아

뿐인가 아미가 없음 없으음~
BTS도 방시혁도 없는 거야 그쟈
그렇구 말구 ㅠㅠㅠ
(왼손 검지를 가로 뻗쳐 오른손 검지와 중지를 기둥처
럼 받쳐주고 흔들어댄다)

여덟 손가락 특이점은 세계에서 한국이 유일하다,

BTS와 아미

– 여덟 손가락 · 42

나는 들었다
부산 태종대 자살바위에서
그윽하게 바다를 바라보며
사람이 서 있으면

홀연히
안개 같은 글씨가 나타나

"자살을 연달아 열 번 되뇌이면
끝에 가서 살자로 바뀝니다"

BTS와 아미는
이런 경험이 있어서
오늘날이 있는 것인가요?

BTS와 아미

- 여덟 손가락 · 43

불장난 즐기는 일곱 소년
아니다
신성 생명불이 보고 싶고
신성 생명불이 되고 싶어
불을 구경하는 일곱 소년
불타오르네~~~~~~~~

"욕조 안에서 사진을 불태우는 지민
모텔 방 안에서 라이터 켜는 슈가"
또 불타오르네~~~

"Wish You Were Here 앨범 자켓엔
슈가와 악수하는 남자가 불타오르네
자동차도 불타오르네~~~"

거의 모든 게 불타오르더니

"NOT TODAY의 출발점과 종점이 폭발하네
MIC DROP 결말부에서도
여러 자동차들이 불타오르네~~~"

BTS와 아미

– 여덟 손가락 · 44

비행긴 더 높은 곳으로 올라야 하는데
거기서 거기까지 날아다니면
불타오를 테지 폭발할 테지

인간이 인간답잖게
여기서 여기까지만
개집에서 돼지우리로만, 만족한다면

저기서 저기까지
심심풀이 땅콩으로 산다면
짜증나게 논다면
불타오르잖고 놀기만 한다면 폭발하겠지

전쟁이 없는 평화보다는
평화로운 전쟁, 문화예술 전쟁은
찬양자에서 수호천사로 나서야 한다,

BTS와 아미

– 여덟 손가락 · 45

"N.O.에선 적대적 전투경찰 집단들이
NOT TODAY에서는 검은 후드의 군중들이"

불 그냥 두면 큰일난다는 듯
새빨강 소방차가 사이렌 울리며
끄려고 맹렬히 뒤쫓다가
알고 보니 그들도 신성생명 불꽃 자체로
각성한 불꽃인 듯
따라 불타오르네~~~
오 신성생명 불꽃

불은 끄잖고
소방차도 불타오르네
방탄과 춤을 추며
총 맞은 방탄이 잠시 쓰러지자
소방차도 잠시 쓰러져 불타오르네~~~
검은 후드의 군중들도
화염병을 던지는 MIC Drop에선
소방차로
놀면서 놀면서 함께 불타오르네~~~

BTS와 아미

– 여덟 손가락 · 46

여저기 거저기 곳곳이 불타오르네~~~

"NO MORE DREAM에선"
아이들이 공터를 우주무대로 삼아
군데군데 신성생명불로 자꾸 타오르네~~~

"DANGER에선"
진이, 방에다 라이터 던지자
폐건물에서
여러 대 카트들이 불타오르네~~~

무궁화나무가 신성생명으로 불타오르더니
방탄소년이 신발 벗고
한얼 한글 한식 막걸리 한사발 바쳐
한맺힌 철조망 용광로에 집어넣네
박수 함성으로 한얼이 새생명 불로 타오르네~~~
신성생명불로 자꾸 타오르네~~~~~~

BTS와 아미

– 여덟 손가락 · 47

피땀눈물 결정체 아니면
봄날 아니다
피땀눈물 흘리지만 말고
서로서로 섞어야만 한 알 다이아몬드
인간 봄날이다
인간 봄날이다 봄날~~~
서로가 서로를 보고 있는데도
자꾸만 보고파지는 사랑의 봄날
아~ 아아~~~
사람의 봄날이다

BTS와 아미

– 여덟 손가락 · 48

"새는 알에서 나오기 위해 투쟁한다
알은 세계이다
태어나려 하는 누구든
하나의 세계를 파괴하지 않으면 안 된다"

피땀눈물 삼위일체가 참된 생명
내 첫사랑 김생명은 생명 자체로 산다

"나를 부드럽게 죽여줘
너의 손길로 눈 감겨줘
어차피 거부할 수조차 없어
더는 도망갈 수조차 없어
니가 너무 달콤해 너무 달콤해
너무 달콤해서"

"보고 싶다…
너희 사진을 보고 있어도 보고 싶다

홀로 남은 설국열차
니 손잡고 지구 반대편까지 가

이 겨울을 끝내고파

눈꽃이 떨어져요 조금씩 떨어져요
보고 싶다 보고 싶다 얼마나 기다려야
또 몇 밤을 더 새워야 널 보게 될까"

BTS와 아미

– 여덟 손가락 · 49

"비틀즈의 음악이 1960년대
소비에트연합
철의 장막 안으로 흘러들어가
새 세상에 대한… 갈망이
훗날 소비에트연합의 붕괴로"

문화예술혁명은
가랑비에 옷 젖는 줄 모르게 스미어
거대하게 낡은 중심, 크렘린을
뒤흔들어 무너뜨렸다

왜 한국은 BTS를 군대에 보내려 하는가?

BTS와 아미

– 여덟 손가락 · 50

죽음을 죽여 거듭나게 하는
문화예술혁명 전사는
전사가 아니고 뭐란 말인가?

국경선 인종차별선 남녀구별선
모든 선들을 넘어서며 지워가는데
지구에 오직 하나뿐인
강대국의 잔혹한 비극 삼팔선

"우주가 생긴 그날부터
무한의 세기를 넘어서 계속
우린 전생에도 아마 다음 생에도
영원히 함께니까
이 모든 건 우연이 아니니까
운명을 찾아낸 둘이니까"

한민족 DNA
이 노랠 들어보고
한 번만이라도 들어보고
다시 판단해야 한다,

BTS와 아미

– 여덟 손가락 · 51

"싹 다 불태워라
겁 많은 자여 여기로
맨주먹을 들고
진군하는 발걸음으로
뛰어봐 미쳐버려 다
싹 다 불태워라"

불타오르네~~~

"우린 할 수가 없었단다 실패
서로가 서로를 전부 믿었기에
오늘은 안 죽어 절대
너의 곁에 나를 믿어
함께라는 말을 믿어
방탄이란 걸 믿어

뱁새들아 다
친구들아 다
나를 믿는다면

빛은 어둠을 뚫고 나가
새 세상 너도 원해
날아갈 수 없음 너도 뛰어
뛰어갈 수 없음 걸어
걸어갈 수 없음 기어
기어 서로 겨워 총 조준 발사"

니 차도 기어
리챠드 기어도 따라 기어
겨눠 총 조준 발사
부끄런 삼팔선 뿌릴 향하여
겨눠 총 조준 발사하는데

NEWS, NOT TODAY로 노래하는데
뭐?
군 입대,
병무청은 초감청 이어폰 끼고
들어보렴

문화예술혁명 평화전사로 BTS는

아미한테 입대
복무한 지가 벌써 십년이 넘었느니라,

BTS와 아미

– 여덟 손가락 · 52

"어둠은 빛을 이길 수 없다
거짓은 참을 이길 수 없다
진실은 침몰하지 않는다
우리는 포기하지 않는다

니 눈속의 두려움 따위는 버려
널 가두는 유리천장 따윈
승리의 그날까지
무릎 꿇지 마 무너지지 마"

외부 자존상실 소유자가 쏘는
총알은 재로 만든 총알이야
맞는 순간 흩어져

때론 강본드 액체를 써 재로 뭉친 알
그 총알은 사정없이 튕겨
그 놈 심장을 박는단다 나를 믿어 나를 믿어
나도 방탄이다,

BTS와 아미

– 여덟 손가락 · 53

"차라리 걍 깨버려
걱정만 하기엔 우린 꽤 젊어
오늘만은 고민보단 Go해버려
쫄면서 아끼다간 똥이 돼버려
묻대버려"

고민보다 Go다
불공정 불평등 불평화에서
이익 얻는 놈들 깨버려
이익 얻길 꿈꾸는 놈 팍팍 묻대버려
자본주의 틀은 본디 이런 거라고
불복, 무조건 밟아버려

젊은 생각으로
살아내려 애썼던 어른들도 아직 많이 계셔
늙어도 낡진 않았어
늙어도 낡진 않았어
낡지 않는 늙음 참 아름다워요,

BTS와 아미

– 여덟 손가락 · 54

"세계 속에서 이미 나 있는 길을
날마다 뭉개는 청년의 길
이 길을 훼방하고 거스르는 길
길 아니다"

그렇다
걍 뭉개버리는 뭉개진 그들을 심장으로 안아
거듭 거듭 뜨겁게, 뜨겁게 , 꼬오옥 품어주어라

영어 army는 군대이고
불어 amie는 친구
아미는 군대친구
대중예술혁명 창조 평화 지킴이,

BTS와 아미

– 여덟 손가락 · 55

"일등하면 성공한 가수인가요
그런 것도 좋지만 음악이 하고 싶어요"

"갈 길은 먼데 왜 난 제자리니
답답해 소리쳐도 허공의 메아리
내일은 오늘보다는 뭔가 다르길
난 애원할 뿐야
니 꿈을 따라가
부서진대도
니 꿈을 따라가
무너진대도
뒤로 달아나지 마
해가 뜨기 전 새벽이 가장 어두우니까
삶은 살아지는 게 아니라
살아내는 것 그렇게 살아내다가
언젠간 사라지는 것"

떴다 하면 뒤로 갈 수 없는 물체
비행기처럼
꿈을 따라 오직 비행기처럼,

BTS와 아미

– 여덟 손가락 · 56

내가 아는 지구촌 여러 야채 중
씨앗을 밖으로 내놓은 열매
딸기
빨강 딸기
BTS와 아미

씨앗부터 먼저 잡숫고
살을 배불리 잡수시라고
바깥에 씨앗 내놓은
겁 없는 자비를 보아라

BTS와 아미도 이와 같아라,

BTS와 아미

– 여덟 손가락 · 57

"더는 나중이란 말로 안 돼
더는 남의 꿈에 갇혀 살지 마
정말 지금이 아니면 안 돼
아직 아무것도 해본 게 없잖아

살아가는 법을 몰라
결정하는 법을 몰라
이젠 꿈꾸는 법도 몰라
눈을 눈을 눈을 떠라
다 이제
춤을 춤을 춤을 춰
봐 자 다시
꿈을 꿈을 꿈을 꿔봐 다"

삶의 뿌리는 신이다
신은 '나' 라고 하는 게 없어라
민주공화국 우리나라는 지금 있어야 하지만
적자생존은 맹수들 법칙
적자생존은 인간이 인간에 대한
지도원리가 될 수 없어라

지구는 하나의 두레 공동체이어라

꿈을 꿈을 꿈을 꿔봐 다
자각몽을 꿔봐 다

누가 뭐래도 삶 뿌리는
복福이다,

BTS와 아미

– 여덟 손가락 · 58

실행했다 하면
영어 위계구조까지 해체시키는 힘을 보라
기축통화 달러까지도……!?

이제 세계 각국의 돈은 한국인의 눈이 달려
본다
한얼로 본다
세계 영혼이 눈 떠 같이 본다

"언론과 어른들은 의지가 없다며
우릴 싹 주식처럼 매도해

귀가 있어도 듣질 않어
눈이 있어도 보질 않어
다 마음에 물고기가 살어
개 이름 SELFISH SELFISH
우린 다 개돼지 화나서 개돼지
온천지 사방이 HELL YEAH
온라인 오프라인이 HELL YEAH"

이런 세상 속에
BTS와 아미는 딸기다
참 잘 익은 빨강빨강빨강빨강빨강빨강빨강
빨가앙 한 알 딸기다

왜?

BTS와 아미

– 여덟 손가락 · 59

낡은 세상
방시혁은 묻는다

낡은 적들의 세계 한복판에서
딸기로 살래
거북이 등껍질로 살래?

딸기로 살겠다
침묵—
세계가 딸기를
귀안에 담고서 오물거린다

눈안에 담고 향기로 운다

왜?

BTS와 아미

– 여덟 손가락 · 60

자신의 생명이 아니면 무조건 껴안지 마
진실로 진실로 자신을 사랑하는 사람이면
그 누가 말린다 한들 어쩔 수 없어
타인의 생명이 내 생명이니 무조건 껴안게 돼,

BTS와 아미

– 여덟 손가락 · 61

재벌문화 절대 따르지 마
따를수록 이득 보는 놈
금수저이어라

그러다 내쫓겨
가족들 굶어 죽는 게 두려워

"3포 세대? 5포 세대?
그럼 난 육포가 좋으니까 6포 세대
왜 해 보기도 전에 죽여 개넨
왜 벌써부터 고개를 숙여 받아
절대 마 포기
잠든 청춘을 깨워 go"

BTS와 아미

– 여덟 손가락 · 62

두려움이란 원래 기득권자가 심은 전술
그들도 두렵기는 마찬가지다
우리가 다 죽으면 그들도 끝장이다
흙수저들이 이길 때까지 저항하므로 그들한테

"얌전히 굴복하거나
아니면 자발적으로 협력하는 걸"
포기하여야만 산다

자본이 없는 자여
국가 세금으로 기본자본제를
정책으로 결행하여 실행토록 하라

먼저 서민 흙수저들이
가진 놈들 전술에 걸려 포기하지 마
포기했다면 포기한 걸 포기하라
이때 생존전략이 본질로 꽃핀다!

BTS와 아미

– 여덟 손가락 · 63

타인의 생명이라고 밀어내거나 차버린다면
자신도 동네 축구공
누군가 차버린다

황새도 원하는데
참새는
방앗간 출입금지로 아예
발도 못 딛게 선을 그었어
가문 밑바닥 경제시대인 오늘까지도
저거가 뿌린 결실, 근데
책임을 서민들한테 되돌린다,

BTS와 아미

– 여덟 손가락 · 64

나는 말한다
패배는 승리의 아버님이고
마찰은 진보진화의 어머님이다

“그냥 살아도 돼 우린 젊기에
그 말하는 넌 뭔 수저길래
수저 수저 그려 난 사람인데
So what
니 멋대로 살어 어차피 니 거야
애쓰지 좀 말어 져도 괜찮아”

BTS와 아미
– 여덟 손가락 · 65

화양연화
뷔의 자살 암시는
심청이 자신을 거듭 살리기 위해
그것도 반드시 인당수에 빠지듯
이마 한가운데
인당! 퐁당
이곳에 빠지지 않으면
자기 부활은 없어라

장님 눈뜸도 없어라
뷔가 자기 사랑으로 자기 인당수에
빠져 죽는 듯한 영상은
모성의 뷔와 부성의 뷔
시작종점 곧, 종점이 새로운 시작점

화양연화
인생에서 가장 아름다운 시절,

BTS와 아미

– 여덟 손가락 · 66

예언하건데
침묵 없이는 노래 없고
맺힘 없이는 춤 펼침 없어라

80세부턴
입술 방긋해도 하늘 노래요
새끼손가락만 내밀면 계시 약속춤이다,

BTS와 아미

– 여덟 손가락 · 67

밑바닥 경제살이에 지치고 지쳐
왕거미 줄에 걸려도 넘어지는
젊은 7포 세대
6포 세대엔 없는 7포 세대
보태어진 하나는?

삶 포기!

보수 정치가의 탓?
진보 정치가의 탓?
중도 정치가의 탓? 정치 혐오감
나의 탓?

이 가운데 정답은 없다

집단청년 정치 무관심이 정답
집단청년 지성이 대통령이어야 한다
7포 직전에서 나오는
집단청년 지성이 대통령이어야 한다

우리나라 청년은
거미줄에 걸려도 자빠지는
백세 노인이 아니다

강철 쇠사슬에 묶여도 터져 버리는 쇠사슬
집단청년 지성이 대통령이어야 한다

노래 사이사이마다
맺고 풀고 펼치는 고비고빗춤 틈새마다
집단청년 초지성이 내뿜는 숨소리
BTS 아미의 그 숨소리가 되어야 산다,

BTS와 아미

– 여덟 손가락 · 68

노래 춤 사이사이마다 침묵
제 아무리 칠팔월 같은 청년이라도
침묵, 소통하는 침묵이면
삶,
포기는 없어라

래퍼가 부르는 랩에도
번갯불 같은
침묵
삶
산다, 침묵—

뭐길래?
뭐길래?
뭐길래?

BTS 노래춤을 두고
묻지 마 묻기 전에
귀가 눈 되고
눈이 귀 되면

즉각 만나나니

만나서 80세부터 우리들 푸른 할배로
침묵 자체 노래춤을
120세까지
아니 영원히!!!!!!!!, 응?

BTS와 아미

– 여덟 손가락 · 69

"사람은 누구도 죽일 수 없다"

밀라레빠한테 노루 한 마리 찾아와
죽여 달라 애원하자
죽였다
노루 눈에 담긴 진실 끝까지 보면서

"사람은 누구도 죽일 수 없다" 말한
밀라레빠는 거짓말쟁이?

그의 십만송은 배반의 노래

그런가?

BTS와 아미

– 여덟 손가락 · 70

제자가 묻는다
“개한테도 불성이 있습니까?”
無

조주선사의 無는
有無를 넘어선 無?

나는 묻는다
일곱 소년 춤노래는 침묵에서 나온다?

잡음
잡담
푸념?

음악은 잡음 고른 것
춤은 잡행 빚은 것

둘 다 버리고
버렸다는 생각마저 없자
無
무의 노래춤~~~

BTS와 아미

– 여덟 손가락 · 71

남과 북에서
'과' 뽑기부터 하자 하여
실행했더니 지금은 남북이다

그럼에도 삼팔선은 있다
말은 말뿐인 걸 증명하려고
철조망부터 뽑아 엿 바꿔 먹지 않은 죄악

BTS 아미가
피와 땀과 눈물 따로따로 노는 걸
먼저 행동으로 '와 · 과' 부터 뽑았더니
피땀눈물 삼위일체 다이아몬드 방탄으로 되었듯

이제 남북 하나 되는 일만 남았다 그자?

통일이 뭐길래 어렵노 그자?
철조망 뽑아 엿 바꿔 먹으면 금세 되는데
우리는 간섭 없이 살고 싶은데
그자? 그자,

BTS와 아미

– 여덟 손가락 · 72

통일이 되모 뭐하노 그쟈
이 소리 좀 하지 마
우리는 너무 오래 갈라져 있는데

통일이 안 되모 뭐하노 그쟈
차라리 이 소리가 안 낫나
우리는 너무 오래 부끄러운데

통일 되건 안 되건 뭐하노 그쟈
와카노 야시 자보지야
우리는 너무 길게 억눌려 사는데

통일이 소원이모 뭐하노 그쟈
또와캐 월경 못해 전쟁으로 피 실컷 볼라꼬
우리는 너무 너무 허리가 아픈데

통일 잘 되모 뭐하노 그쟈
평화가 곧 경제라 안카나
우리는 너무 슬퍼 눈물 나는데

개성공단 남북철도 이으면 될 걸
우리는 한 동포로 이어져 있는데
우리는 한 심장으로 이어져 있는데

우리는 너무 아파
우리는 한 맺혀 숨 막히는데
우리는 큰 한숨으로 겨우 사는데

통일이 뭐길래 어렵노 그자?

BTS와 아미

– 여덟 손가락 · 73

미중러일한테
아시아 내맡겨
의존하며 살 것인가?

한국 베트남 인도 인도네시아 태국
필리핀 미얀마 등등
연대해 연방연합국으로
뭉치자

아시아 중일은
강대국으로 위상을 인정해 주고

나머지 모든 아시아 국가는
하나 된 선진 연방연합국으로
뭉치자

뭉쳐
괴질문화 쫓아내자

시대정신을 담은

전승이 없는 전통문화는
박제된 박물관에 전시하다가

전승 결합되면
유리창 깨고 뛰쳐나와 활동케 하자,

BTS와 아미

– 여덟 손가락 · 74

문명은 길고 긴 우리 역사 결정체
문화는 지금 여기 오늘의 의미
부딪혀 사회화 운동

진동하는 집단진화 의식이
진화하는 문양을 빚어내고 아름다운
문양들이 채곡채곡 쌓여 오르면
역사 기둥으로 자리 잡는 것

꽹과리 놋그릇 놋쇠다리미 놋인두 놋수저
엿장수 놋가위 놋요강 깡그리 뺏아 녹여
총알 대포 만든 본능적 무지무식으로
잔인한 강대국들

뭉쳐 바로 잡자
아시아 선진 연방연합국으로!
아시아 선진 세계평화 경제 통일로!

BTS와 아미

– 여덟 손가락 · 75

진저리치는
비무장지대가
탈무장지대로
UN본부 사무국이 입주하고
BTS와 아미 전용극장을 세우자

무대객석은 편평하게 지어
전세계 아미가
떼창 떼춤 휘날릴 때
특수조명 비춰
본무대로 보이게 하라
BTS는 객석 호응꾼!

홍감홍감 BTS 노래춤
불 피울 땐
전세계 아미가 호응꾼!

서로 무대 주인공 되었다가
객석 호응꾼 되었다가

춤노래
국경선 다 녹이는
다 함께 노랑나비 떼
다 함께 흰나비 떼
BTS 전용극장 어서 세우자,

BTS와 아미

– 여덟 손가락 · 76

남한끼리만 부자로 살모 뭐할끼고
북한끼리만 뭉치모 또 우얄라꼬
평화는 자비사랑포용 참뿌리

화평은 한반도 한동포 한경제 알곡 나누기
통일벼로 한솥밥 실컷 먹어보기

서로서로 떠먹이며 맘껏맘껏 울어도 보자
바람이 분다 통일 바람이 분다
람사랑사, 사랑사람 신바람이 분다~~~

서러워 우는 눈물밥 그런 밥 먹고
한 풀려 기뻐 울음 우는
뜨끈뜨끈 눈물에 밥 말아먹기

웃으며 우는 우리들의 눈물국밥
후루룩 후루루룩 김치 깍두기 너도 나도

한밥상 한입에 사강사강 씹으며 같이 살아보자
차암 맛좋다~~~

살면서 천하 최고의 맛

이 맛 두고 누가 왜 도망쳐 잿가루 뿌려, 왜?

BTS와 아미

– 여덟 손가락 · 77

갓난 아가야
아가야 오빠 언니 누나 형은
배우고 싶다
평생 학생이고 싶다
알려는 호기심에서 탐구심으로 그 순수 눈빛

정치가가 이들의 스승이어야 하는데

교육자가
사업자가
경제인이
모든 어른들이
모든 가정 속에서
서로 아낌없이 꾸밈없이 품어주는
사랑 자체여야 하는데

다행이다

우는 어린 소녀를 품어 껴안기
BTS

정치가의 쇼?

아니다
BTS의 모든 것은 새로움이다
투명한 진실이 우러넘치므로
자신들은 그게 진실인지도 모른다

바로 이것이 순수 진실함!
꾸밈없는 질박함!

함부로 말하지 마라
BTS는
아가야보다 더 아가야니까,

BTS와 아미

– 여덟 손가락 · 78

낡은 발톱에 매니큐어 바른 채
야아옹 웃으며
쥐 앞에서 뒤로만 가는
부자댁 집고양이

너 아니어도 배부른데
배부른데 쥐야 너랑 장난칠 테야

색깔이 제 각각인
무지개 빛 발톱 자랑하면서
시간 가는 줄 모르고 놀 거야
사랑하는 나의 쥐야 놀자

부자 인간들보다
더 낫다

알고 보니 혁명 제공자는
부자들
정작 자신은 집고양이처럼 사랑하지 못하면서

BTS 음악까지 들려주다가

“좋은 집 좋은 침대 좋은 차
그런 게 행복일 수 있을까?……

…않을까? 그럴까?

(집괭아 말해 보렴 야생은 다 까먹고
쥐사랑하는 집괭으로 바뀌었는데
넌 고양이들의 스승?
집괭아 넌 고양이가 아니다
고양이들의 반혁명파 대표
꼭두각시 불행 대표일 뿐이야
맞아 그런 사람도 사람이 아냐
그런데 어떡해 돈 없음 죽는데……)

망설이지 마
과학의 입구에서 망설임은
개죽음이다!

BTS와 아미

– 여덟 손가락 · 79

소금이 물속 뛰어든다, 고향

음악이 언어를 녹인다, 눈물

언어가 다시 소금 알갱이, 리듬 멜로디

춤노래 아니었으면
이 세상은 아지랑이조차도, 얼음 종유석

BTS와 아미

– 여덟 손가락 · 80

아지랑이 사라져 집으로 오니
밥 냄새 피어오르네
밥만으론 못 산다 그자,

BTS와 아미
- 여덟 손가락 · 81

음악밥솥 뚜껑 열리더니
BTS 스튜디오 태초 태고의 행동,

BTS와 아미

– 여덟 손가락 · 82

연습무대 끝막이 오르면 땀방울들, 진주알

BTS와 아미

– 여덟 손가락 · 83

훠어이 참새 쫓는 허수아비, 가을 나비 앉네

BTS와 아미

– 여덟 손가락 · 84

바다 속 동굴 샘터, 두레박 하나

BTS와 아미

– 여덟 손가락 · 85

길어 올리는 가이아 영성 청수, BTS

BTS와 아미

– 여덟 손가락 · 86

바다 동굴 속 태고의 우물
퐁 퐁 퐁
사랑은 이것이어라,

BTS와 아미

– 여덟 손가락 · 87

바다 동굴 속
사철 목욕하는 매미 떼날갯짓, 흰파도

BTS와 아미

– 여덟 손가락 · 88

빛이 꺼지는 밤

밝아오는 BTS 영성, 연습실

BTS와 아미

- 여덟 손가락 · 89

한 번 올라간 영성은 못 내려오나
잠시 쉴 때 연습실 천장 뚫고, 폭포수
바다 동굴 속으로까지 파고든다,

BTS와 아미

– 여덟 손가락 · 90

달맞이 꽃 꽃잎 닫는데
달빛 넘쳐 폭포수, 또 연습실

BTS와 아미

– 여덟 손가락 · 91

해바라기 고개 들어 보는데
유리 같은 바다 쨍그랑, 아침 해

BTS와 아미

– 여덟 손가락 · 92

새아침 왔는가 하느님이 벗는 잠옷—

BTS와 아미

– 여덟 손가락 · 93

갑자기 낯선 우주, 하느님 알몸

BTS와 아미

– 여덟 손가락 · 94

볼수록 안 보이고
안 볼수록 보이는 우주 하느님, 속곳

BTS와 아미

– 여덟 손가락 · 95

블랙스완은 저항포용
순간순간 지고 돋는 새 세상
우리는 모두 다 가졌어라~~~

BTS와 아미

– 여덟 손가락 · 96

바다가
물구나무로 다가온다
쓸려갈 혁명이 아니다
바르게 서서 서정적 민족주의로 눕힌다
맹목적 세계화
억압적 세계화가
겨워 스르륵 쓰러진다, 제풀에

BTS와 아미

– 여덟 손가락 · 97

"어릴 적 올려본 밤하늘을 난 떠올려
사람이란 불, 사람이란 별로,
가득한 이곳에서
우린 우리대로 빛나
우리 그 자체로 빛나"

밤하늘 우주바다여
일기예보엔 단 한 번도 없었던
빛비 쏟아진다,

BTS와 아미

– 여덟 손가락 · 98

날마다 80억의 절반이 죽고
때마다 80억의 절반이 태어난다
하늘엔 은하수 땅에는 평화
사람에겐 사랑
오롯오롯 사랑,

BTS와 아미

– 여덟 손가락 · 99

사랑이 하느님 몸이고
하느님이 사람 몸이라
떼춤 떼창
BTS 몸 빌려 떨리는 우주영성,
황홀한 아미 눈물,
인종을 넘어
모두 다 하나로
사랑의 붉은 피 굽이도는 사람들
검은 피 노랑 피는 아예 없어라!

BTS와 아미

– 여덟 손가락 · 100

삶에 지쳐 쉼팡에 앉았어라
핀다 송과선 한 송이, 연꽃

BTS와 아미

– 여덟 손가락 · 101

두려워마
도둑맞을까 겁내지 마
네 속에 피어 있으니,

BTS와 아미

- 여덟 손가락 · 102

쉼팡에서 일어나 소릴 질러
BTS 아미 떼창 떼춤
또 또 또 핀다, 연꽃

BTS와 아미

– 여덟 손가락 · 103

다이나믹 명상 그
실체는 떼창떼춤 속에 계신, 주시자!

BTS와 아미

– 여덟 손가락 · 104

인당수 삼만리
바다 동굴 속 뿌리에서
돋는 연봉오리가 출렁출렁
고요하여라,

BTS와 아미

- 여덟 손가락 · 105

그 꽃은 사람이고 향기는 심청 영혼

BTS와 아미

– 여덟 손가락 · 106

때론
꿀향 욕심껏 가져가려다
해질 때 꽃잎 닫는 거 모르고
밤새 죽은 벌

이른바 개죽음

"벌다운 벌은 때를 알지"

노랑나비 한 마리 훠어얼 얼 얼

BTS와 아미

– 여덟 손가락 · 107

연꽃 향 모이더니
액체 향수
봄바람 모이더니
가을 홍시
BTS가 다 먹네
봄 까치가 참 잘했다 웃는다,

BTS와 아미

– 여덟 손가락 · 108

연못 연꽃보다
바다 동굴 속 심청 연꽃이 더 희다
희다

희 희 희
눈 감아야 보인다
눈 떠 보면 해 희지만
눈 감으면 검다

희 희 희
눈 감아야 보인다
백팔번뇌도 다 희다
눈 떠보면 이미 세상은
흰 것보다 더어 희, 희, 희다

BTS와 아미

– 여덟 손가락 · 109

연못 밖으로 나와 걸어다니는
연꽃을 보았느냐, 사람
우리들의 BTS와 아미

BTS와 아미

– 여덟 손가락 · 110

세계 곳곳으로 날아다닌다
비행기는 정지해 있고
BTS와 아미는 날아다닌다
가장 빛 부신 흰 젖빛으로,

BTS와 아미

– 여덟 손가락 · 111

백두산 백설보다
날아다니는 BTS 춤바람은 아름답게 희다
환장하도록 희다
세상의 모든 색깔 다 나오니까,

BTS와 아미

- 여덟 손가락 · 112

왜 그런가?
건강한 꿈 진실한 꿈이
메마른 세상을 적시기 때문,

BTS와 아미
– 여덟 손가락 · 113

어둠, 모든 식물 뿌리는
어둠 속에 산다
모든 동물의 자궁
모든 알도 그러하다

빛은 어둠의 부재이고
어둠은 빛의 부재

땅 속 뿌리는 어둠의 뼈가 되고
땅 밖 잎사귄 아우라 축제,

BTS와 아미

– 여덟 손가락 · 114

블랙홀
아래 위 구멍 빼놓고
아주 단단한 먹물
서당개 삼년이면 풍월 읊기 전에
흰 옷 온통 검어라

옷은 존재가 아니다

존재는 홀 속 자궁
그 안에 고요히 계신다

바다 동굴 속 샘터 구멍처럼 고요히 보고 계신다

넘쳐흐르는 샘물, 우러넘치는 블랙홀 흰빛
이 빛을 마시는 명상예술혁명가를 보아라 그대여~~~

BTS와 아미
- 여덟 손가락 · 115

땅 밖으로 나온 어둠이
"나보다 강력하면 전쟁해서 겨루자
어둠이 이기면
천하는 어둠의 것"

전쟁은 미친 탐욕의 잔칫상
전쟁은 블랙홀 속에 계신
주시자를 아예 모르는 무지의 줏대
전쟁은 처참한 비극이어라
전쟁은 결국 노래춤한테 이길 수 없다,

BTS와 아미

– 여덟 손가락 · 116

전쟁으로 한반도는 일찍이 병들었건만
소원은 날마다 철조망 녹이네

나무뿌리 바깥으로 나오면
시들고
어둠이 지상에서 설치면
빛가루
이러히 좋은 너로 다룰 때
인간답게 차원상승을 하라~

햐, 신성한 이분법,

BTS와 아미

– 여덟 손가락 · 117

블랙스완 한 마리
바다 동굴 속으로 풍덩, 우주가 출렁

BTS와 아미

- 여덟 손가락 · 118

검은 백조 한 마리
블랙홀 속으로 들자
양자얽힘, BTS 노래 부르네~~~

BTS와 아미
- 여덟 손가락 · 119

소리 없는 소리가 쇳덩일 숭숭 뚫네, 금관 악기

BTS와 아미

– 여덟 손가락 · 120

아가야 땐 벌름벌름하던 정수리가
납덩이같은 뼈로 굳더니
오늘 BTS로 슝숑숑슝 우주 숨구멍

BTS와 아미

– 여덟 손가락 · 121

문득 밤하늘 보니
떨어지는 별똥

순간 소원을 말했네

똥 중에 저러히 예쁜 똥
80억 인류가 모두 누게 하소서!

꼬오옥 이뤄질 것이다
가장 키 큰 버드나무 꼭대기에서 누면……!?

BTS와 아미

– 여덟 손가락 · 122

"어쩜 이 밤의 표정이
이토록 또 아름다운 건
저 별들도 불빛도 아닌
우리 때문일 거야"

별들이 별빛을 매만진다
사람 우러러 한 점 부끄럼없이

목욕물과 함께 땅으로…… 나를
내버린 뒤

별들은 밤마다 나를 보고
난 별들 보고 부끄러워 해

"어쩜 이 밤의 표정이
이토록 또 아름다운 건
저 별들도 아닌
우리 때문일 거야"

BTS와 아미

– 여덟 손가락 · 123

나하고 같이 생각하는 BTS
다르지 않게 인식하는 BTS
오늘 밤에도 풀밭에 누워
내 팔베개 내가 만지자

별빛 가운데 빛보다 빠른 속도로
가슴 파고들어 짧게 속삭인다

"너도 별이야"

BTS와 아미

– 여덟 손가락 · 124

난 BTS한테 또 듣나니
이때 심장 심쿵, 심쿵, 심쿵
누군가 이 소릴

가만히 듣나니

귀 뚫린 귀뚜리 귀뚜러 귀뚜러 듣답하나니

"한 사람에 하나의 역사
한 사람에 하나의 별"

BTS와 아미

– 여덟 손가락 · 125

촛불혁명
그 불빛이 다시
적폐 바위를 뚫으려는가

깊은 밤 낯설게 쏟아지는 우박이여
검찰총장 장총이 그만 오노 요코의 작품
꼬부라진 총이 되었네

그래도 적폐 뿌린 깊어 잠 못 드는 밤(깬 시민)
별처럼 다(우린 빛나)
사라지지 마 큰 존재니까(집단지성이니까)

"어두운 밤(외로워 마)
별처럼 다(우린 빛나)
사라지지 마 큰 존재니까"

BTS와 아미

– 여덟 손가락 · 126

"난 너를 보며 숨을 쉬어
칠흑같던 밤들 속에
우린 우리대로 빛나
우리 그 자체로 빛나"

흩어져 살고 있어도
인터넷 SNS 인드라 망으로
한 사람 아프면 다 아프다
두 사람 모이면 다 모인다

녹슨 철벽 다 삭이려는가
동지섣달 장맛비로 몽당 삭이려는가
깬 시민들 창문엔
정전이어도 촛불 자체로 대문까지 밝히네

죽어도 개돼지는 아닌데
기생충은 더더욱 아닌데
경건한 분노가 불타오르네

더 잘 불타오르라고

부패 거악 바람막이 종이컵
종이컵보다 수천만 배나 큰 중도 시민들이
위대한 종이컵 되어 활활활 불타오르네
이젠 시작이다
새 출발이다
우리에게 끝은 없어라
영속적 일상혁명 그것이어라,

BTS와 아미

– 여덟 손가락 · 127

학 백조 백로 해오라기 다 합쳐도
BTS 노래춤 속에 있는 만년설보다
희지 않다

이 뭐꼬?

BTS와 아미

- 여덟 손가락 · 128

아아, 칠십이 년이여
운동화 거꾸로 신어도
이십칠 년으로 안 바뀌네

BTS 노래춤 그림자까지 천하제일 추상화지만
나비 잡는 일보다 훨 어렵네
내가 BTS로 사는 길
내가 별 자체로 빛나는 길

이 행동 하나로 노인별이 겨우
제주도에서만 보인다더라

육지에서도 보고픈 사람 있다면
사정없이 나를 보아라,

BTS와 아미

– 여덟 손가락 · 129

아주 멀리 내 눈에 어렴풋 보이는
이름 모를 별 하나
뭘까? 이름이……
부르고 싶은데
곁에 어린이도 보인다며 이름 묻는다

속으로 재빨리 떠오른 것
이름 모르는 별, 줄여서
"이모별"

"그라모 고모별도 있능교?"
자꾸 조른다
귀찮게 조른다 숨이 막힌다
(내 손가락으로 나를 가리키며)
"고만 물어라 별나게도"

그 어린이가 천연스레 다시 묻는다
"그라모 할아버지가 고물별?"

"맞다 사랑스런 나의 아이야!"

"어떤 빛은 야망
어떤 빛은 방황
사람들의 불빛들 모두 소중한 하나"

BTS와 아미

– 여덟 손가락 · 130

“반짝이는 별빛들
깜빡이는 불켜진 건물들
우린 빛나고 있네
각자의 방 각자의 별에서”

난 또 이름 알고 싶다
책방, 골드북에서 날 참 잘 돕는 소녀
이름 물어보면 속맘 들킬까 봐
직접 묻지 못하고
“이모소에 대하여 잘 압니까?” 물었다

“잘 모르는데 인터넷에서 찾아볼게요”
(나는 그 소녀를 가리키며)
“이름 모를 소녀가 바로 이모소입니다
자신부터 잘 알아야 합니다”
(느닷없는 훈계조에 내 얼굴 화끈 책방 나와)
하늘을 보니
낮달 하얗게 질린 채…… 어, 웃는다

우린 빛나고 있는 걸까

각자의 방 각자의 별에서?

낮달 서서히 웃는 노을빛,

BTS와 아미

– 여덟 손가락 · 131

옛적부터 늘 계시는 분
아무 곳에서도 다 없고
아무 곳에서나 다 있다, 눈만 떠~

BTS와 아미

– 여덟 손가락 · 132

아무 곳에서도 없이 있어야 하고
아무 곳에서도 있이 없어야 산다 잘 산다
BTS와 아미

BTS와 아미

– 여덟 손가락 · 133

목청 없이 부르는 검은 백조 소리가
간밤 돌가슴 꿰찔러 빠져나갈 때
심장도 같아 나가
동해, 해돋이

BTS와 아미

– 여덟 손가락 · 134

물안개 걸어오는 아침노을, 안방 가습기

BTS와 아미

– 여덟 손가락 · 135

태초에 빛이 있으라 막 오르면 조명,

BTS와 아미

– 여덟 손가락 · 136

몸 없는 몸으로 놀아야 관객가수 둘 아니다,

BTS와 아미

– 여덟 손가락 · 137

미완의 미완의 미완의 연속과정
목표가 흐리면
역혁명, 목적이 흐리면 반혁명

너 없인 참혁명 없다
BTS 초점은 언제 어느 때나 볼록렌즈
오줌 젖은 외투 타올리기

날마다 봄날
날마다 봄산,

BTS와 아미

– 여덟 손가락 · 138

비무장지대에서 평화국밥 함께 먹자
넌 깃대 난 깃발 아미는 기수

아아 억압의 비무장지대가 해방구로
세계 평화공원으로 영원히

공동체 꿈 이전 현실은
공동창조가 아니어라

강대국들의 이권다툼 그 결과일 뿐
개구리한테 잔돌 던지는 돌장난일 뿐

결코 공동창조가 아니다
강대국들의 강탈 약탈 강도짓

진실로 진실로 이건 우리들 현실이 아니어라
그들만의 악몽 흉몽 난장몽일 뿐

우리들 현실은 그 누가 뭐라고 해도
우리들 현실은 공동으로 창조된 현실이어야 해

비무장지대에서 평화국밥 같이 먹자
넌 깃발 난 깃대 아미는 평화 기수

아아 설움의 비무장지대가 해방구로
세계 평화공원으로 영원히 영원히~~~~~~~~~

BTS와 아미
– 여덟 손가락 · 139

흰빛

흰바람

정자와 난자

BTS와 아미

– 여덟 손가락 · 140

흰빛 흰바람 흰젓 흰민족
흰통일 꿈 아직 사막 걸어도
흰 한민족이 오아시스

우리는 모두 하나이며
우리는 모두 충분히 있고 완전히 되어 있으며
우리는 모두 해야 할 중요한 일은 없어요

역사가 되풀이 되지 않게
비극이 반복치 않게 옛 기억만 찾으세요
우리는 옛적부터 늘 계시는 분, 사랑
우리가 바로 그대니까요,

BTS와 아미—여덟 손가락
•
지은이 / 김종석
발행인 / 김영란
발행처 / **한누리미디어**
디자인 / 지선숙
•
08303, 서울시 구로구 구로중앙로18길 40, 2층(구로동)
전화 / (02)379-4514, 379-4519
Fax / (02)379-4516
E-mail/hannury2003@hanmail.net
•
신고번호 / 제 25100-2016-000025호
신고연월일 / 2016. 4. 11
등록일 / 1993. 11. 4
•
초판발행일 / 2021년 2월 15일
•

값 12,000원
•

ISBN 978-89-7969-833-6 03810